Sarah Kirsch

Schwanenliebe

Sarah Kirsch
Schwanenliebe
Zeilen und Wunder

Deutsche Verlags-Anstalt
Stuttgart München

Ich habe es gewusst als du
Am 20. März gegen Mittag
Als der Himmel die
Sonne wieder weggesteckt hat
Mit leichten leichten Schritten
Da hingestrebt bist.

Oder in Güllehamn durch die
Wiesen rennen zu
Frühlingsbeginn.
Dort schreitet auch das
Schwanenpaar auf der
Einzigen unbehandelten Koppel.

Die Weiden die am Flusse knieten
Der Apfelbaum am Rand der Welt
Gefällt Hungerblumen
Blühen am Wegrand.

Je zwei über die
Sommer- und
Winterdeiche.

Die bekannten Hunde die sich
Anschließen wollten
Wurden zurückgepfiffen.

Ach der großkotzige Torfstich die
Umgebende endlose Heide die
Segelnden Schafswolken im
Kreis ich krieg schon ein
Trauerkloß in meine Kehle.

Blaue Wolken klebten am blauen
Himmel den Pappeldamen vom anderen
Ufer wuchs ein kupfriger Flaum.
Letzte Eisenten schmolzen dahin
Und ein Pärchen Tornados
Flog jenseits der Eider.

Die Kiebitze wurden wie
Dachpappenfetzen
Herumgewedelt und
Unwillkürlich hobst du die
Arme ich hab gedacht
Ne kleine Runde
Könnten wir schaffen.

Hier sehen wir
Mitunter das Trittbrett
Himmlischer Wagen wo wir
Aufspringen können den
Westhorizont abfahren im
Wühlenden Wind als
Kleiner Hauch bei
Abnehmender Sonne.

Der Sonne Spaghetti-Strahlen
Sickern durch auf
Drahtspringer Deichläuferin.
Hohe Lerchengesänge
Bandagieren das Herz.

Brachvogelrufe vom
Regenufer worauf die
Schiffe einbeinig stehn
Krähen durchfliegen
Mit Stöcken den Blick.

Schleppten uns bei dunklem Nebel und
Regen durch die dreifach gedüngten Wiesen
In einem Zwischenreich hin und seltsame
Hölzerne Käfige wurden vorübergezogen
Mit armen ruppigen Seelen im Schafsfell.

Starenwolken schrieben Menetekel hin
Bis eine wackere Lerche
Sich hinter die Wolken aufmachte sang
Sang und wollüstig stürzte wir hörten
Den ersten Brachvogel dudeln.

Um vier aufgestanden meine
Bevorzugte Karfreitagsmusik
Im Radio Bodentruppen
Werden nicht ausgeschlossen
Wir setzen uns mit
Tränen nieder.

Um fünf in den Wiesen
Enten stoben aus den
Gräben unter dem Monde
Stieg und sang eine Lerche
Kiebitze quengelten ja
Noch im Traum.

Sind hier gelandet gestrandet
Mit einem Laib Brot aus Altona.
Adler und Engel am Himmel
Riesige Wolkenbäume Gesang
Aus der Küche.

Letzte Hand angelegt und die
Tänzerinnen auf den Türscheiben
Gewienert. Mit dem Eigentümer
Des Rattenfellmantels durch den
Äther geredet fünf Tage Heimat
Hatten ihn schon entwurzelt.

Die Gartenmöbel sind nach
Draußen gezogen:

Auf der weißen Bank
Hast du im Herbst gesessen dir
Die Nägel geschnitten.

Auf dem blauen Stuhl
Glänzten sieben Monde.

Ein weißer
Schmetterling ein
Zitronenfalter erzählst du
Haben sich mustergültig
Umtanzt wüsste
Gern was es bedeutet.

Der Mond
Schaute jeden Abend
Uns auf den Tisch.
Sonne! Meine Sonne!
Nichts als Bücher!

Ich seh es vom Fenster
Auf dem Weg spazieren
Die falschen Leute.

Wie still es ist. Die Glyzinie
Klopft mit dem Knöchel ans Fenster.

Der Tag kriecht hervor rot.
Die Narzissen leuchten
Wie Zitronen im Laub.
Kleine Singmaschinen
Sind um das Haus verteilt.

Auf dem Deich windgeschützt
Hinter dem Haus
Blühen die ersten Pflaumen.
Pflaumenblau darunter die
Veilchen.

Vom Menschenwühlen bin ich
Abgeschnitten im Frühjahr
Gibts viel zu hören in der
Vogelwelt.

Im blattlosen Frühjahr die
Großen schwarzen
Schattenhaften Krähen so
Dicht bei mir.

Nun begleitet mich
Mein Schatten.
Kehren wir nach
Hause zurück steckt das
Mondlicht im Schlüsselloch.

Die Freunde abgefallen seit
Langer Zeit. In den Kalendern
Hundsrosen-Namen Erwähnungen
Von Schilfrohrsängern und
Mondaufgängen. Noch kein
Ende nehmen die Herzensdinge.

Ich saß in meinem
Traum in deinem
Café und wehrte mich
Wachzuwerden der Wind
Blies die Zuckertütchen vom
Tisch und du rührtest
Beide Espressi
Um.

In der Nacht werde ich
Angehalten dir zu
Schreiben und so fülle ich
Meinen Füller sofort mit
Espresso und du siehst
Ich schreibe und schreibe
Und schreibe eine lange
Zeile.

Man kommt an wie aufm
Mond in Potsdam ganz im
Innern der Streusandbüchse.

Später kleine ergrünende
Höfchen das Pflaster
Von Bäumchen durchbrochen
Löwen die Wappen halten
Sehr müde.

Grad gehe ich
Briefkasten suchen.

Driftete auf einem gigantischen
Bahnhof herum und hatte
Den kleinen Koffer verloren der meine
Bürgerlichen und weiterreichenden Papiere
Füller mit Engelsfedern enthielt.

Da sah ich wie die Menge sich teilte
Und weil es ausnahmsweise ein
Zugtraum erster Klasse gewesen ist
Kamst du mit dem Köfferchen
Fliegendem Rattenfellmantel.

Das Gras hat spitze grüne
Zungenküsse unablässig getan die
Spatzen lärmen im wilden Wein.

Wir wollen uns hier
Nicht überschlagen und was die
Besucher von uns halten ist
Ziemlich belanglos selbst die
Vermutung wir wären nicht fähig
Durch die Brandung nach
Fischen zu tauchen sie legen
Einen besonderen Film ein
Abends beleuchten sie uns aber
Wenn dann der Sturm kommt
Heben wir ab in unsere Breiten.

Immergrün

Die Seele
Fliegt mit den
Eulen und es
Schneit Federn.

Frühling ist ein
Möwengefiederter
Bengel aus Schottland mit
Bärlauchatem.

Der Kater fängt die
Maus mit weißen
Samthandschuhn.

Kiebitze segelnde
Trauerrandbriefe.

Im Kuckucksmonat
Steigen die
Seerosen auf durch den
Schwarzen glänzenden
Spiegel.

Werde stark Prinz der
Vogelgedanken!

Durch die zerrissene
Weißdornhecke
Führt meine Spur
Das Haar pfeift im Wind.

Ich wohne wo es kaum
Wege gibt geschweige
Gefährten und dort
Drüben steht der Mond.

Eines Nachts holt dich die
Kleine Küchenwiese ab aus dem
Schlafzimmerfenster.

Die Wiese rollt und rollt
Wege Bäume und Wolken
Mit aufgesperrten Fenstern.

Die Abende sind sehr still.
Die Wiesen wölben sich zu den
Horizonten. Ein paar
Kiebitze greinen im
Schlaf.

Schöne Leere wo nichts
Alles ist mein Zeichen ein
Wassereinladendes Boot.

Nacht

Auf dem Flussgrund waren
Ornamente ausgelegt
Knochen neugeborener
Katzen erkannte ich Muscheln
Die Füße der Wasserrosen.

Eine Katze aus
Licht räkelt sich
Unter den Weiden.

Die schnurrbärtige
Sumpfeule hat mich
Ausgebuht Nebel
Umhüllt mich ich
Friere bin froh.

Es ist inzwischen der
Neunzehnte Mai und es
Schneit Apfelblüten.

Vertraut wie die
Berührung des
Regens so flüchtig
Dass du sie nie vergisst.

Ich lauf durch den
Nördlichen Abend die
Stachligen Sterne
Freundinnen angeblich.

Der schwarze
Vogel auf dem
Baum wie du ins
Haus siehst innen

Begrünt sich die
Wand die Sonne
Geht aus in der
Nacht.

Wiesen mit Margeriten die
Regentropfen balancieren
Schreibe ich dir zusammen.

Treib die Bäume aus
Dem Stall die Sprache
Erlaubt es und das
Frühjahr ist halb vorbei.

Grad bin ich aus deinem
Auto gestiegen oder
Steige ich ein welcher
Traum ist es steigst du
Auch aus oder ein oder
Mache ich nur für
Immer die Tür zu

Gestern war sie
Anders als heute
Hat sie nichts mit
Morgen zu tun.

Dreizehnuhrsiebenundzwanzig
Findet die Materialisierung des
Postboten statt Dreizehnuhr
Dreißig wieder nur Regen.

Vergissmeinnicht Nachtviolen
Die kühle Akelei wieder am
Fuß der Silberpappel.

Die schwarze Kuh mit den
Pferdeohren trägt die
Sonne auf dem Rücken.

Die Farne entwickeln sich zu
Grünen Vogels Prachtgefieder
Vor dem Fenster aus dem du
Morgens gerne geschaut hast.

Weshalb sollte ich
Traurig sein? Ich kenne
Hier nur den
Wind die Bäume die
Von den Bauern
Geschlagen werden.

Kleine Streichholzgedichte
Aus meiner Schürzentasche
Dass ich dich lächeln seh.

Heute habe ich wieder
Diese Vögel in den Bäumen hängen
Sehen von denen ich immer
Angenommen habe das seien
Pirole.

Sitz mitm
Trauermantel in der
Sonne halte die
Fühler.

Der Kuckuck schreit auch im
Norden wird es mal grün.

Kleine Worpsweder
Wölkchen am Himmel.
Herr Vogeler schaut durch die
Finger. Er ging im Lager
Zum Frisör ward gesehn
Nimmer.

Gestern träumte ich dass wir
Auf schwarzen Straßen gingen
Dass wir Steine kickten
Dann Träume dass ich träume.

Heute habe ich kleine Wolken und
Unschuldslämmchen über den
Himmel laufen.

Du kannst meine
Gedichte rauchen ich
Nehme deine Wolken.

Von Klatschmohn zu
Klatschmohn bin ich
Gerannt einen gebogenen
Regen erwarte ich ein
Überschwengliches Donnern.

Meine Worte dürfen dich nicht
Wundern ich bin ein Hirte weide
Die kleinen Wälder hier in der
Ebene die Kuckucke sind meine
Hunde ich ging vom April in den
Mai voll ist der Mond.

Das tagelange
Zittern der Blumen im
Wind hab ein Verlangen
Nach Herz
Ausreißen.

Die Einsamkeit und die
Freiheit Kinder des
Monds Hand in Hand.

Dunkelgrüner
Kuckuck blinkt in der
Sonne.

Und gehen Blumen
Umher weht kein
Kummer heran.

Die Freude fliegt
Wieder im bunten
Gefieder.

Dreierlei

Engel über den
Himmel geblasen.

Die Gräben voller
Schwanenblumen.

Einer Krähe
Schönheit.

Wolken wie
Treue Hunde warten
Auf mich wir wissen
Nicht wohin wir
Gehen wenn wir erst
Losgegangen sind.

Die Häuser
Strecken sich in den
Abend. Der Wind
Galoppiert die
Straße hinauf und
Herunter kleine
Laternen
Schütteln.

Bist durch die
Wiesen die
Aufgestellten
Kühe geschritten.
Zart wie geträumte
Liebe die
Regenfinger.

Trauer hier
Ist dein Platz.

Bleib ruh
Aus
Schönes Gesicht.

Ich hab Brennesseln
Gezogen
Mit Samthandschuhn
Fragst du im
Samttelefon.

Die Schwestern die
Kühe auf
Hackenschuhen
Sie sind
Vorübergegangen oh
Bruder Hund begleite
Mich heute.

Öffnen

Kam Sonne hellgelbes
Haar.

Am Abend jagt der
Wind Flügel
An die
Stämme der
Pappeln.

Du denkst an deine
Unbekannte Liebe
Mit der du so
Lange glücklich
Schon lebst.

Wolken in
Umstandskleidern zwischen
Frühling und Sommer. Die weiße
Kuh mit der Maske
Geht am Fenster vorbei.

Kaum ziehst du den
Handschuh aus du mit solchen
Fingern worauf Bienen und
Käfer landen sich
Tragen zu lassen.

Nördliche
Sommernächte die
Von allen Seiten zu
Kurz sind schauen
Zehen hervor.

Solch leichtes Land der Wind
Weht es in Sandsäulen fort.

Das samtschöne
Schieferblau am
Abend.

Die Singschwäne fliegen
Der Mond scheint lange
Hinter ihnen her.

Unstern

Rund hängt der
Mond über dem
Öden Haus.

So einfach kann man
Sein Leben auch nicht
Verlieren da heißt es erst
Lächeln lernen lächeln.

29. Juni

Gebogene Klingen
Stürzender Schwalben
Schwermut fernes
Rollen des Donners.

Morgens schlittert die
Espressotasse mir auf ihrem
Pfützchen entgegen.

Meist sage ich denk doch an
Dich weil ich zuerst und
Reichlich bekomme.

Die grünen Pappeln am Fluss
Die Stimme des Winds
Den ganzen Tag Sonne und
Tieffliegende Wolken.

Eine heiße
Windzunge glitt
Unter dem Boden der
Wiese.

Der träge Fluss trägt eine
Kette aus Rosenblättern.

Eines Engels hohe
Wangen flügelklappende
Schmetterlinge die
Epauletten.

Schwebt über
Dem dunklen glänzenden
Faulbaum
Safrangefärbter Schein und
Ein Reiher.

Das Bentgras die Binsen
Bis über die Schultern.

Gehörnte Schädel sehen uns an
Schönste Wollgrassommer
Noch in den Augenlöchern.

Seit du fort bist

Bin ich in einem
Verödeten Haus mit
Spinnen und Fliegen
Stürzen die Rosenblätter.

Wenn es beiläufig donnert und
Blitze wie Lassos schwingen bist du
Womöglich im Haus schreibst
Ein Blatt Schwanentreue.

Nordlicht

Das Knabenkraut blühte

Etwas auf Flügeln
Ist unterwegs
Dauert an.

Sommerbesuche

Die Kröte überwindet
Die Treppe.

Sterne flogen über das
Dach viele Nächte ich konnte
Dich nicht mehr erkennen.

Ganz regenblau war der
Morgen ich konnte
Die Erdkrümmung sehen
Worauf unser angenommenes
Pferd stand.

Verlässlich

Nach den weißen Motten
An den Wassergräben nach den
Dunkelen Schmetterlingen
Wurden Libellen fertig.

Ich blieb zurück
Wie das Pferd an der
Biegung des Flusses wo

Niemand vorüberkommt
Nicht mal eine
Weißgekleidete Welle.

Rubinrot glänzt
Der Himmel am Morgen
Die Sterne auf langen
Hälsen.

Weht ein
Zaubrischer Wind seit
Erschienen ist die
Verwandte Seele.

Sie steht wie ein
Fisch im Wasser und
Redet im Traum.

Gefrorene Blitze flogen
In die Niederung der
Fluss schwarz schwarz
Barg sie unter den
Nymphenblumen.

Jäger

Der Reiher steht auf
Einem Fuß im
Wasser den anderen
Erhoben mit gedrehtem
Hals. Er blickt dich an.

Hundstage

Es empfiehlt sich einen
Alten Mühlstein im Garten
Liegen zu haben für arme
Zittrige Seelen zum Sitzen.

Ich werde jetzt zaghaft
Grün lebe mit dem Mohn.

Es riecht nach
Heu Hitze und
Weißem Klee.

Träume steigen
Auf an die
Himmelsränder.

Der Schwan flog die
Ganze Nacht von einem
Zum anderen Ufer
Morgens lag eine
Feder auf mir.

Die Stimmen reichen
Weit übers Wasser
Trifft der Bussardschrei.

Oh die Mondin sandfarben über den
Abstürzenden Dünen wilden Rosen.

Vogel Wolke Finger wir
Schreiben ins Wasser.

Sommernacht in der jetzt
Kein Hund vorkommt
Spinnweben wie Streicheln.

Helle Federn Liebe und
Blätterschatten der Donner
Rollt der abgeschlagene
Fluss geheimes Reich zwischen
Ufern ruhig wie Liebe die geht.

Samen vom Hundskerbel auf
Bloßer Haut Herz Unschulds
Lamm schrei nicht.

Der Nachtkerze helles
Dampfendes Gelb am
Morgen.

Ich hab von einer
Schulter geträumt.

Schöne taubestickte
Spinne keiner
Öffnet das Fenster.

Schwarzer
Krähenengel bist
Ferne geblieben.

Jetzt sind wir
Zu zweit die
Rose und ich.

Und welcher so
Liebevoll schimpft
Ist der Wind.

Ich habe nur
Eine Lerche
Über mir.

Wird niemand
Kommen abgesperrt
Haben die Spinnen.

Was schert mich der
Weltuntergang wenn wir
Beisammen sind fahren
Rosen über die Meere.

Andenken

Grün stehen die vom
Fremden niedergemachten
Pappeln in deinen Augen.

Enttarnt

Eine Pflaume fällt
Welch ein Getöse.

Wo der Himmel
Zickzack in die
Berge hängt da
Wohnt er ist aber
Niemand zuhause.

Wie stark meine
Knochen waren und
Übermütig die Seele.

Adieu sanfter
Unsichtbarer Geliebter den ich
Nie getroffen und nie
Verlassen habe.

Die kleinen Blüten
Vogelgesangs sind
Vertrocknet.

Werden
Schwermutsfäden
Gespannt.

Nachts drängen sich
Blitze vor meiner Tür
Lärm breitet sich aus
Über die Ufer.

Da waren gefiederte
Eschenblätter feierlich
Ausgelegt.

Auf seinen Flügeln
Trägt der Schwan das
Licht aus den
Wellen.

Die Felder gepflügt
Der Fluss geht in
Rauch auf
Schwalben ziehen.

Am besten ich kümmere
Mich nicht um das was ich
Denke noch besser ich

Denke gar nicht gehe nur so
Im Regen im Wind in der
Sonne.

Ohne dein Ohr
Rede ich nicht.

Helligkeit wandert über die
Koppeln während ich einige
Sätze aufschreibe oder sie
Segelnden Wolken spendiere.

Derwisch

Mein rotgewandeter
Freund drehte sich
Auf dem Deich ganz
Entrückt ich weiß nicht
Kommt er ohne mich aus.

Nun machte sich die
Trauer auf den
Weg die Sonne war
Untergetaucht.

Wolken Kühe des Himmels
Fliegen nach Süden auf
Kräftigen Brisen.

Die kleinen
Wellen am Strand
Ich hab sie in der
Hand gehabt.

Mein unsichtbarer
Geliebter die Taschen
Voller Kastanien.

Nun fallen die
Blätter schon
Ohne Wind.

Erst das
Blatt dann
Der Wind.

Gesiebtes sortiertes
Sternenlicht
Die Wolken säugen mit
Zitzen die Erde.

Das Feuervolk fern in den
Lüften verankerten Schiffen in
Schimmernden Dörfern.

Am Leben hängen
Geblieben Prinz vom
Novemberreich.

Das Flüstern das
Flüstern grauhaarigen
Schilfs ich hör schon
Den Regen Tacheles reden.

Miteinander

Wir bewegen uns
Auf der Stelle in die
Entgegengesetzte
Richtung.

Bevor du dich
Vergräbst
Sag ihm er soll
Vergessen sein
Leid.

Eine durchsichtige
Blaue Scherbe
Blitzt in der
Sonne.

Der Fluss weist den
Weg zum Meer
Vielfärbigen Schiffen.

Nebel aus
Schwanenflügeln.
Ich seh
Deinen Schatten.

Wuchs auf bündelweis
Wildes Gewölk heut
Nehm ich mir
Nichts zu Herzen.

Boreas hat das Haus auf die
Eider gehoben es züngeln die
Kerzen nun hast du es sagt mein
Schussliger Stern es geht
Weiter nach Norden.

Der Herbst lässt den
Fluss auf den
Ästen der Pappeln
Erscheinen.

Krähenüberkrächzt
Feuerblumen
Mal ich im Winter.

Heute abend gingen
Zwei Sonnen unter da trat
Die Verzweiflung
Ans Ufer.

Das laute
Herz schlägt
Auf deiner
Seite.

Mond dir und
Mir fehlt eine
Hälfte.

Sturm und Regen
Pappelblätter
An die Fenster geklebt.

Das Licht ändert sich
Über dem Giebel im
Garten leuchtet eines
Kinds rotes Gewand.

So die Türen
Geschlossen sind
Kann es ins
Offene gehn.

Stielabwärts
Kreiseln die
Lindenblätter.

Eine Krähe gleitet
Vorüber schon blüht
Zuversicht.

Stillhalten

Schwarze Vögel Unglücks
Kinder nisten auf
Meinem Kopf.

Ich schneide mich
Aus den Ranken
Frei dass ich den
Winter ankommen
Seh schimmelweiß.

Nicht im
Wachen nicht im
Traum bin ich dem
Schilfprinz begegnet.

Nacht schwarze
Nacht das Schilf
Hat mir die
Finger zerschnitten.

Hab Geduld
Seufzen
Binsen oder
Vergiss.

Nächtelang der
Mond mal hier und
Mal dort und ein
Eulenschrei.

Kleiner tapferer Eber

Gefärbt wie ein
Jungtier wie der
Wald lichtgestreift
Unangreifbar.

Verträumt dass er
Vor einer Libelle
Erschrickt einer
Libelle.

Es gibt keine
Nie waren Berge
An Ort und Stelle
Genaugenommen
Steht das Haus unter dem
Meeresspiegel.

Der steile der
Wolkenbefahrene
Fluss dunkeles Tier
Das zum Meer will.

Außer Rand und
Band lebe ich weiter.

Ich lebe im Fluss
Auf verschiedene
Weise früher in
Halbgestalt.

Was du
Sagst leuchtet wie
Bengalisches
Feuer glänzet
Und glüht
Glüht.

Seerose im Regen
Hört seine Stimme.

Der nördliche Himmel so
Steil so schwarz über dem
Meer zwischen zwei Sternen.

Die Möwen sind aus der
Stille entstanden die bis jetzt
Über den Koppeln hing.

Flussbetten am
Himmel Winds
Ströme ich gehe im
Schlamm Kieselklang
In den Ohren.

Der Fluss sammelt
Himmelsbilder unter dem
Spiegel gestapelt sortiert.

Die Sonne die dir
Sicherlich goldene
Punkte auf die
Wangen geschickt hat.

Meine Fenster
Meine Augen
Herbstlich
Sprechen die Krähen.

Heruntergekommen
Entflammt die Sonne
Den Mantel des Güllesilos.

Erinnere oh erinnere
Dich was du
Vergessen wolltest.

Der Herbst mit flachem
Dach worauf sich die
Blätter versammeln

Geräumige Wolken
Ziehen hinter den
Gänsen.

23. Oktober

Es ist wohl der letzte
Tag an dem ich wie
Ein Kakadu auf der Veranda
Sitze mich erinnern
Wärmen kann.

Ein Wiesel geht um
Das Haus ein großes
Schimmerndes Wiesel
Raschelt in abgefallnen
Rhododendronblättern.

Die Welt draußen ein
Bläuliches Flachland über
Dessen einzige Erhebung
Ein heller Ballon fährt.

Kleine graue Schleifen
Falter wie Schrift
An der Hauswand.

Die Katze taucht hier und
Da auf hier und
Dort brennt es das ist
Der Lauf der
Roten Katze.

Auf der Straße
Rennen die
Blätter wie
Mäuse.

Ich bin nach
Süden geflogen ein
Vogel und Schnee
Verschloss mir
Augen und Ohren.

Der rote Teppich das
Weinlaub ist ausgerollt
Jetzt muss nur noch der
Elefant über die Alpen.

Wenn ich
Noch lange lebe
Sehne ich mich
Nach dem heutigen
Tag.

Die Blätter nur noch
Seufzer stürzen sie ab.

Abends hat der
Geschwärzte Himmel
Einen Fuchspelzsaum.

Ein fehlender
Schatten wirft
Seinen Schatten.

Neue Landkarten am
Himmel und auf den
Körpern der Kühe die
Andere Welt seit ich deine
Gefangene bin.

Mond

Neu ist er.
Gepiercte Nacht.

November

Dann schreit die ganze
Dachkante im schneidenden
Wind und der herrliche
Falke sitzt auf der
Erde wo schwarze
Stiere gestanden sind.

Das letzte Vieh
Wirft lange Schatten.

Das kann ich
Schwören dass es hier
Ein Pferd gibt das
Dich in keinen
Hinterhalt trägt.

Hier kenne ich
Nur eine Erle
Graugans aus
Luft jetzt bin ich
Überall.

Manchmal konnte ich
Schwäne heranschaun
Ein einziges Mal einen
Kometen was
Glänzten die Augen.

Tag Tag aller
Schönster Tag wie
Dunkelheit aus dem
Kasten steigt ein rotes
Stück Mond aufgeht
Kupferglucken Silber
Mönche Zimtbären
Achateulen durchs
Fenster.

Tod und Leben

Freiwilligen kann er
Vorzeitig eingeräumt
Werden.

Irgendein
Melancholisches
Einverständnis
Drängt
Sich dazwischen.

Gedichte also sind
Sonderbare kleine
Katzen denen gerade
Die Augen aufgehn.

Aufregende
Eselsbrücken
Gestalten das
Leben.

Du bist ein
Apfel in einer
Schüssel welcher der
Boden fehlt.

Schnee ein Brief
Mit Zaubertinte
Und vor langer
Zeit geschrieben.

Am Morgen
Seh ich
Schnee von
Gestern.

Der vierblättrige
Klee hat ein
Rekordtief erreicht.

Die Marienkäfer
Konnten sich
Etwas erholen.

Michelangelo

Schneeleoparden
Steigen leicht in
Dünner Luft.

Das gilt es zu
Lernen allein
Sein ohne daran zu
Denken.

In der Dämmrung sitz ich
Im Treppenhaus während
Schnee fällt und plötzlich
Rieche ich den herrlichen
Duft von Holunder eine
Umarmung sondergleichen.

Eine Wintersonne die dir
Gefallen hätte hing zuvor
In der Pappel.

Als wir uns
Trennen mussten
War der Himmel
Mit einzelnen
Wolken bestückt
Alle wie unermüdliche
Nähmaschinen.

Er hat sich
Trauerränder
Unter die
Augen geraucht.

Ach die Trauer eine
Dreifache Woge klatscht
An Land.

Zigarren werden geschickt.

Natürlich werden Zigarren
Geschickt.

Immer werden Zigarren
Geschickt werden.

Ich höre jetzt schon
Geräusche wenn jemand
Ein Fax an mich senden
Will dann aber aufgibt.

Und der Holunderduft im
Winter wenn ich auf der
Holztreppe sitze – bald
Rieche ich Rosen bin reif
Für ne schöne Erscheinung.

Um Gottes
Willen sagt
John Donne halt dein
Maul und lass sie ihn
Lieben.

Äquinoktium

Du musst gut
Fangen können
Sinken federleicht
Winzige Kinder vom
Himmel

Vergehen wie Tau.

Noch im Winter
Eine Stimme wie
Schwebende
Apfelblüten Blätter
Mein Lieblingsbaum.

Oh bittres schönes
Winterlicht Meerstrand.

Mit Einem bin ich
Lange auf Wiesen
Gesessen hab meinen
Arm durch die Beuge
Seines aufgesetzten
Beines geschoben die
Hände gefaltet.

Ein anderesmal war es
So verwickelt dass ich mir
Selbst ins Knie biss.

Er hat sich um eine
Bewegte Zukunft
Beworben gleich
Werden gewaltige Hunde
Von der Leine gelassen.

Ein Schneegestöber
Zieht über die
Vorstadt und du
Hättest dir
Meinetwegen die
Hand zerschnitten
Ach sag ich ins
Telefon bis du
Heiratest

Advent

Drei Fenster geöffnet
In einer Sprechblase einen
Seufzer gefunden.

Nein nein keine
Luftpost kein
Erdstoß kein
Wasserzeichen
Nein nichts nur
Patagonische Kälte.

Das Laub wird aus
Großer Entfernung
Zusammengeblasen die
Sonne schlurft in
Sandalen.

Neujahr

Schönes Licht als ich malte
Versunken und spürte mich
Nicht die Sonne ging
Unter der Mond gleichzeitig
Auf und sahen einander.

Es ist Winter du hebst
Deine eisblauen Augen zum
Morgenstern auf ich will
Dir eine Votivtafel malen.

Das Mondlicht wie
Schnee auf dem
Deich sollst mir
Seyn gesund.

Saust ein
Flackrichter Blitz über die
Koppeln
Im Ofen miaut der
Wind ich küss seine
Tatzen.

Lancelot

Wenn du nicht
Wiederkehrst
Weiß ich dass
Du hier nie
Gewesen bist.

Ich bleibe dort wo
Ich nie war.

Willkommen

Aus dem Flussnebel bin ich
Gekommen im morgenroten
Gewand die Hunde
Schlugen nicht an.

Das Schilf verneigte
Verneigt sich die
Schwäne trompeten.

Ich fülle den
Fluss in den
Federhalter und
Beginne zu schreiben
Schwarze sich
Überlagernde
Wörter.

Wir sind alles
Was wir haben
Angst küsst uns
Im Spiegel.

Wohne im
Elsternest im
Baum gegenüber die
Sonne.

Die Blätter sind
Vom Baum in den
Frühling geflogen.

In der Einsamkeit
Höre ich was
Ich will der
Schwarze Fluss
Taucht auf fern
In den Wolken.

Ich stehe auf den
Zehen die Spinne
Hat mir Freude
Versprochen.

Mein Haus ein
Inselchen rote
Wolken treiben
Im Wasser.

Denken

Eine Wolkenkette kleine
Pakete vom Fließband

Lange aneinander.

Schön und
Unverschämt war
Ich blaues
Haar hatte ich
Schönes blaues
Unverschämt.

Der Falke stieg
Auf traf eine
Flocke Schnee.

Meine Mutter
Erfinderin der
Sonne im
Feuchten Haus

Geht um den
Teich flügelschlagend
Eilen herbei die ihr
Alles bedeuten.

Es ist die
Zeit des grauen
Mondes der Weg

Zweigt in die Erinnerung ab
Und der Tod fährt
Güllefässchen im Zwielicht.

So Schwäne und Gänse im
Park ab jetzt lebt ihr
Gesünder die
Alte bleibt aus.

Kind schau her Hagel
Hüpft auf meinem
Grabstein.

Die dürren
Rosenzweige
Halten mich
Hier.

Sechs Fasaninnen
Gewährten mir ein
Stück sie zu begleiten.

Die Rosetten der
Vogelmieren grüne
Kraken im Januargarten.

Regen rauscht die
Vergangenheit her.

Du und das
Schilf verneigtet
Euch voreinander
Immer noch
Einmal noch
Einmal.

Hat der Wind das
Krähennest
Fliegen gelehrt
Anfang Jänner auf
Gleicher Höhe mit der
Sonne.

Ein Sturm nach dem
Anderen die
Wacholder bleiben
Gebückt.

Jetzt wollte ich dass
Sommer wär noch der
Ameisenpfad durch das
Malzimmer hin würde
Mich freun.

Auf dem zugefrorenen
Fluss schiebt der Wind
Schnee.

Aussicht

Der Mond ein
Däne nackt und
Rosa kommt er
Aus der Eider.

Ein Schwan der auf
Gold schwimmt.

Die Schere will sich nicht
Öffnen zum Rosenschneiden.

Steinwurf

Erzittert im
Wassergraben
Jupiter.

Bei Nachtfrost der
Eulenruf ganz
Zersprungen.
Zaunkönige
Rascheln im
Efeu.

Die kleinen
Wellen rasseln mit
Muscheln.

Pfau

So kurzsichtig ist er braucht seine
Hässlichen Füße nicht sehn.

Die ersten Vogelgesänge
Gehen vom Abschied
Das Licht
Überfällt den
Kater am Tor.

Falken

Schlecht gelaunt sind wir
Außer uns nur Spatzen
In der Voliere.

Die Krähen zu
Hören über dem
Schwarzen Fluss.

Graue Sonne
Die Krähe hackt
Den Schnee.

Hellrote Bänder nachts
Am Horizont hinter
Geduckten Bäumen ein
Schwanenschrei.

Schwarze
Himmelsfalten ich schaue
Auf den gebogenen
Schwappenden
Styx.

Himmelsküste

Der Wellenschlag des
Wolkenmeeres wird
Gröber prasselnder
Starenregen stürzt.

Im Sommer

Tautropfen im
Rosennest.

Es kommt auf die
Inneren Werte an
Sagt der Mund
Ohne Zähne.

Als schiene der Mond am
Frühen Morgen so hell der
Frischgefallene Schnee
Auf der Krone des Deichs.

Ein paar
Glänzende Federn
Habe ich noch in
Meinem Kleid.

Überlang ist der
Drosselwinter.

Wind hoch und
Eisig tief steht die
Sonne auf
Spritzt das Meer.

Hör nicht auf mich
Zu bewegen das
Licht schlägt die
Schimmernden Zelte auf.

Ich laufe gegen den
Wind sehe ein rotes
Flatterndes Nordlicht
Die sibirischen Gänse
Zischen im Schlaf.

Epitaph

Ging in Güllewiesen als sei es
Das Paradies beinahe verloren im
Märzen der Bauer hatte im
Herbst sich erhängt.

Inhalt

Die Deutsche Bibliothek – CIP Einheitsaufnahme
Ein Titeldatensatz für diese Publikation ist bei
Der Deutschen Bibliothek erhältlich.

Lektorat: Christoph Wilhelm Aigner
Satz: Walbaum (QuarkXPress) im Verlag
Druck und Bindearbeiten: Clausen & Bosse, Leck
Printed in Germany

ISBN 3-421-05461-4

Die erste Werkausgabe von Sarah Kirsch
in bibliophiler Ausstattung

Sarah Kirsch gilt als die bedeutendste lebende Lyrikerin deutscher Sprache. »Sie ist die Größte«, konstatierte der Kritiker Joachim Kaiser. »Gelassen zumeist, aber nach Kräften unversöhnlich, witzig manchmal, doch auch prosaisch karg, wundergläubig und tapfer verzweifelt abwiegelnd: so vermag Sarah Kirsch zu dichten über letzte wie nächste Dinge.«
Die drei Bände ›Gedichte‹ und zwei Bände ›Prosa‹ sind chronologisch und enthalten jeweils editorische Anmerkungen zu den Texten, Register und einige Aquarelle der Künstlerin.

Sarah Kirsch
Gedichte und Prosa
Werke in fünf Bänden
Herausgegeben von
Franz Heinrich Hackel
1224 Seiten mit 12 Seiten Bildteil (Aquarelle)
Fünf Bände im Schmuckschuber
DM 148,- / € 76,-
ISBN 3-421-05272-7

Der erste Überblick über das
bildnerische Schaffen von Sarah Kirsch

Mit diesem Buch liegt erstmals ein geordneter Überblick über das bildnerische Schaffen von Sarah Kirsch vor, eine exemplarische Auswahl ihrer Aquarelle, Gouachen und Collagen von heute bis zu den Anfängen.
Der Band enthält überdies einen Essay des Herausgebers zum Begriff und zur Situation der Kunst heute.

Sarah Kirsch
»Beim Malen bin ich weggetreten«
Aquarelle, Bilder, Zeichnungen
Herausgegeben von
Christoph Wilhelm Aigner
128 Seiten
Gebunden mit Schutzumschlag
DM 128,- / € 68,-
ISBN 3-421-05366-9